쩜오라이프

쩜오라이프

ⓒ 재주 2019

초판 1쇄	2019년 1월 14일		
초판 2쇄	2019년 1월 22일		

지은이   재주

출판책임	박성규	펴낸이	이정원
편집주간	선우미정	펴낸곳	도서출판 들녘
편집진행	이수연	등록일자	1987년 12월 12일
디자인진행	조미경	등록번호	10-156
편집	박세중·이동하		
디자인	김원중·김정호	주소	경기도 파주시 회동길 198
기획마케팅	나다연	전화	031-955-7374 (대표)
영업	이광호		031-955-7381 (편집)
경영지원	김은주·장경선	팩스	031-955-7393
제작관리	구법모	이메일	dulnyouk@dulnyouk.co.kr
물류관리	엄철용	홈페이지	www.dulnyouk.co.kr
ISBN	979-11-5925-380-5 (03810)	CIP	2018041723

이 도서의 국립중앙도서관 출판예정도서목록(CIP)은 서지정보유통지원시스템 홈페이지(http://seoji.nl.go.kr)와
국가자료공동목록시스템(http://www.nl.go.kr/kolisnet)에서 이용하실 수 있습니다.

1.5평에서도 행복한
고시원 힐링 레시피

쩜오라이프

재주 지음

들녘

CONTENTS

CONTENTS

힘이 되는 이야기를 그리고 싶었습니다.

요즘 세상엔 왜 그리도 부정적인 이야기가 많은지 저라도 힘이 되는 이야기로 가득 찬 만화를 그려보고 싶었습니다. 고시원에 살면서 행복하기만 했다고 하면 거짓말일 것입니다. 옆방의 소음, 매일 아침 사람들로 밀리는 화장실, 늘 가득 차 있는 공용 세탁기, 창문 하나 없는 작은 방, 좁기만 한 공용 주방. 고시원이란 곳에서 마주하는 거의 모든 것들이 불편함투성이였습니다.

고시원에 살고 있다고 말하면 쏟아지는 동정의 눈빛 역시 저를 주눅 들게 했습니다. 고시원에 살 수밖에 없는 처지가 한심스럽기도 했고, 대학교를 수료하고도 제대로 된 직장 하나 없이 꿈을 이루겠다고 서울에 올라와 고시원에 살고 있는 제 자신이 헛된 꿈을 꾸고 있는 건 아닐까 많이 생각했습니다. 어쩌면 그래서 고시원에서 더 행복하게 잘 살아내고 싶었는지도 모르겠습니다. 남들은 고시원은 사람 살 곳이 못 된다고 하지만, 그런 소리가 무색하게 잘 지내고 싶었습니다. 그렇게 고시원에서 하루하루 나만의 행복을 찾아가기 시작했습니다.

행복을 찾는 데 가장 많이 도움이 된 건 엄마의 레시피였습니다. 엄마의 레시피는 불편함 가득한 고시원에서도 쉽게 만들 수 있었고 만들어 먹는 것만으로도 응원이 되는 것 같았습니다. 고시원에 있었지만 엄마의 레시피로 음식을 만들어 먹을 때만큼은 고향 집에 있는 것 같은 위로를 받았습니다. 그렇게 하루 하루 고시원에서 불행을 지워내고 행복을 채워갔습니다.

하지만 고시원에서 이루고자 했던 꿈은 이루지 못했습니다. 고시원에서 나와 여러 직장을 옮겨 다니면서 매일이 불안하고 불편하고 어려운 날들의 연속이었습니다. 불안함 속에서 행복을 찾고자 다시 만화를 그리기로 했고, 저 자신, 그리고 저와 똑같은 감정을 느끼는 사람들을 응원해주고 싶었습니다. 그리고 그 응원의 이야기가 이렇게 책으로 묶여 나오게 되었습니다. 고시원에서 이루지 못했던 꿈을 고시원을 떠난 지금 그 시절의 이야기로 이루게 되었습니다. 제가 꿈을 이룰 수 있었던 건 혼자가 아니라 여러분과 함께였기 때문이라는 생각이 듭니다.

감사합니다.

prologue

간단하지만 간단하지 않은
간장계란밥

서울 생활 한 달째...

누구나 그렇듯 큰 꿈을 좇아왔다.

하지만 인생이 어디 그리 쉽던가...

회사만큼 싫은 이곳

그래요... 나 고시원에 살고 있습니다...

즐거울 것만 같던 퇴사 후 생활은

생각보다 훌륭하지 않았다.

마이너스되는 통장 잔고의 압박...

하지만 그보다 힘든 건

답답한 고시원 생활이었다.

고시원 탈출 계획을 세워보지만...

고시원만 보면 어쩔 수 없이 사는 느낌이 들었다.

싫어도 들어가야 한다. ㅠ스ㅠ

더위에 쫓겨 어쩔 수 없이 들어간 고시원인데
'조용하고 차분했다.'

기대했던 택배에는 책 한 권이 있었고

아들, 고시원 생활이 많이 힘들지.
그래도 엄마는 아들이 잘지내고 있을 거라고
믿고 있단다. 아들아 엄마가 더는 본 못 해주고
쉽게 할 수 있는 요리 레시피를 적어 보낸다.
꼭, 밥 잘 챙겨먹거라!!

짧은 메모와 함께 평소 집에서 해주셨던 레시피가 적혀 있었다.

그렇게 고시원 생활 처음으로 요리를 하게 되었다.

간단한 한 끼였지만
결코 간단하지 않은 생각을 하게 만들었다.

지금까지 너무 안 좋은 것만 본 게 아닐까?

고소한 계란과 짭쪼름한 간장의 미친 콜라보!!

"간장계란밥"

인생에도 뜸 들이는 시간이 필요해
냄비 밥

그때 좋은 생각이 떠올랐다.

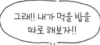

쌀과 물은 일대일

강한 불로 끓이다가

물이 끓어오르면 불을 줄인다.

이제 뜸만 들이면 된다!!

뜸은 왜 들이는 걸까? 지루하게...

엄마, 밥할 때 뜸은 왜 들이는 거야?

어떤 일이든 마무리가 중요하잖아. 뜸이 그런 거야. 뜸을 잘 들여야 밥알이 퍼지면서 윤기도 생기고 찰기도 생기는 거야~

아... 알겠어요, 엄마! 땡큐.

역시 의미없는 일은 없어!!

얍!! 얍!!

정성을 더해 먹은 냄비밥.
조리 과정은 번거로울 수 있지만
맛있는 한 끼를 위한 기다림은
지루하지 않았다.

남은 밥은 식혀서 냉동실에
두고 이따 먹어야지!!

아! 냄비 밥의 좋은 점!!

누룽지가 생겨요!!
밥 먹으면서
약불로 살살 끓이면
입가심까지 완벽 그 자체!!

다 먹었으니 얼른 작업해야지.
그나저나 밥을 안 해놓는
상습범은 누굴까...

누가 내 얘기하나?

인생에도 뜸 들이는 시간이 필요해

모락-

모락-

"갓 지은 냄비 밥"

마음만으로도 든든한
몸보신 라면

층간소음이 심각한 요즘... 고시원만큼 심각한 곳이 있을까?

꼭 이렇게 해야 조용해진다니...

그러나 사람은 같은 실수를 반복하지!!

그렇게 오랜만에 고시원에서 친구를 만났다.

밥?

뭐 해줄 건데?

걱정 말고 따라오기나 해!!

미안한 것도 있으니 몸보신을 시켜주지!!

자신만만!!

오! 뭘로? 기대된다!!

다 준비해왔지!!

그리고 녀석이 꺼낸 재료는

오!! 이 귀한 소시지랑 참치!! 라면까지!!

우선 들어가는 재료를 준비하고

물이 끓기 시작하면 라면과 스프를 넣고

소시지   참치   달걀   라면

어라? 맛있네!

맛있지? 인마.

응응!! 짱 맛있는데!!

내가 얻어먹었으니까 설거지는 내가 할게~

그래~ 땡큐.

사실 말도 안 되는 메뉴였다.

몸보신이 아니라
몸파괴 라면이지.

뭐, 그래도 미안한 마음에
끓여줬다 생각하니...

기분은 좋네.

다음에 또
해달라고 해야지.

한 번도 안 먹은 사람은 있어도
한 번만 먹은 사람은 없다는

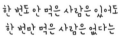

"몸보신 라면"

일상이 답답할 때 맛있는

비상구 레시피

휴가는 못 가도 기분은 제대로
돼지갈비

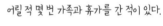
어릴 적 몇 번 가족과 휴가를 간 적이 있다.

개구리 공포증이 심해 계곡으로 놀러가는 게 싫었지만
나를 기분 좋게 하는 게 있었다.

바로 '아빠표 돼지갈비'였다.
숯불도 챙겨 와 구워주던 바로 그 맛!!

장사 진짜 잘됐겠다!

잘됐으면 내가 여기 살겠니...

하긴 맛만 있다고 맛집이 되는 건 아니니깐!

맞아... 그렇더라고.

그래도 좋겠다. 손맛 좋은 아버지라!! 진짜 멋진 거 같아!!

그치! 나도 나중에 손맛 좋은 아빠가 되어야지!!

일 년에 한두 번만 맛볼 수 있는 아빠의 손맛

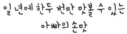

"돼지갈비"

오므라이스

퇴사 후 주말의 개념이 사라졌다.

회사를 그만두고 자유를 얻었지만
주말과 평일의 구분이 모호해지니,
주말이란 마침표가 그리워졌다.

또 자유를 선택했지만 불안함은 감출 수 없었고
초조함은 언제나 함께였다.

그때 생각났다. 주말 아침이면 늘 들려오던 소리.

어릴 땐 오므라이스를 '계란이불밥'이라고 불렀다.

물론 두 번째부터는 그냥 볶음밥이었다...

필요한 재료는

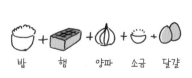

밥　　햄　　양파　　소금　　달걀

주눅 들 것 없어요!
병어조림

인스턴트식품을 좋아하지만 가끔은 장을 본다.

그래,
그래 미안ㅠ

그것도 모르고 샀냐!!
그건 병어에 대한
모독이라고!!

벌떡..!!

자! 그럼 네가
병어님을 가지고
실력 발휘 좀 해봐!!

그래
그래!

병어조림의 재료는

병어 + 고추장 + 고춧가루 + 간장 + 마늘

감자 + 파 + 청양고추 + 설탕

우선 병어 한쪽에
칼집을 내고

냄비에 물 조금 붓고
감자를 깐다.

손질한 병어를
올리고

053

노력은 배신하지 않아!

손칼국수

회사를 그만둔 지 한 달째 열심히 일러스트
포트폴리오를 만들어 포트폴리오 사이트에 올렸다.

포트폴리오를 출판사에 보냈다.

비록 작은 일이었지만 첫 일의 느낌은 묘했다.
불확실한 현실에서 그래도 할 수 있다는 작은 결심이 조금 더 확고해지는 것 같았다.

첫 일이 마무리되고 더위를 식히는 비가 왔다.

반죽을 하자.

반죽을...

면을 살걸!! 내가 왜 반죽을 한다고 해서!!

으아아!!

퍽!!

겨우 했다...

하...

반죽을 숙성시키는 동안 육수를 만들자.

육수 재료는

양파 감자 당근 간장 소금 멸치
(간 것)

재료를 넣어 끓여주고

맛있게 먹는 모습을 보면서 시간이 걸리고 힘들어도 노력은 결코 배신하지 않는다는 생각이 들었다.

노력만큼 확실한 보장

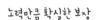

휴가보다 소중한 일상을 위하여
김치볶음밥

폭염이 계속되는 요즘, 누진세 폭탄은 고시원도 예외는 아니다...

그렇게 휴가철은 지나가고 폭염은 계속되던 저녁

사이야! 뭐해?

어... 왔어..?

뭐야!!
왜 그래??

화들짝!!

너무 적응이 안 돼...
고시원도 너무 덥고...
휴가 때로 돌아가고 싶어.

징 징 징 징 징 징 징

뭐야~
벌써 며칠이 지났는데!

모르면
말을 마라...

또 가고 싶다...

언제나 먹어도 질리지 않는 맛!
특별함보다 빛나는 평범한 일상의 맛!!

"김치 볶음밥"

상한 멘탈 회복하기!
닭곰탕

꾸준히 했던 헬스?
배우고 싶던 복싱?

아니다!! 배우다 말았던
수영을 배우자!!

근데 이 불량한 몸을
드러내도 될까...

진짜 살을 좀 빨걸!!

엉   엉엉!

그래! 몸 좋으면
다닐 이유가 없지!!

수영을 등록하고 돌아가는 길.

상한 멘탈 회복하기

"닭곰탕"

편견은 금물!
가자미찜

수영을 시작했다.

조금 새로운 게 끌렸다. 수영처럼.

수영이 처음이듯 가자미도 처음이다.

수영이 그랬다!

일요일에는 누구나 요리사
짜파게티

주말 아침

으-일어나기 싫어.

아냐!
주말일수록
부지런하게!!

...는 개뿔!!
더 자야지.

밀렸던 잠을 다 자면

배가 고파 눈을 뜬다.

헉!! 배고파!!

일요일은
고민할 것도 없지!!

근처 슈퍼에서 짜파게티를 산다.

이렇게 그리다 보면 몇 시간은 훌쩍.

경험의 가치는 계산할 수 없어
무화과

내 머릿속엔 계산기가 있었다.

지금은 어때?

지금도 그렇긴 하지. 그래도 계산기가 작아진 정도?

예전에는 돈으로 계산했으면 이제는 경험에 가치를 두는 거지.

그게 무슨 소리야?

돈도 중요하지만 이제는 경험의 가치를 더 높게 본다는 거지.

그래! 좋다, 좋아!

그치.

이맘때 무화과가 그랬다.

이렇게 몇 해가 지나고 나서야...

무화과를 실컷 맛보고

남은 건 잼을 만들었다.

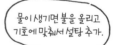

꿈꾸던 삶을 닮은 맛
감자 옹심이

세일해서 샀는데
막상 뭘 하지?

감자를 샀다.

흠... 옹심이?
할 수 있을까?

군 생활을 강원도에서 했다.

이왕 갈 거면
오지로 가고 싶다!!

소원은 이뤄졌다.

'인제 가면 언제 오나.
원통해서 못 살겠네'의
그 인제.

그래! 언제
여기 살아보겠어!

그렇게 겨울...

첫눈으로 56센티미터 내려주는 강원도... 하...

엄마가 끓여주는
감자 옹심이 먹고 싶다.

←강원도
사람

이름이 뭐 그렇습니까?
하하하하.

아닙니다!!

웃어? 군 생활
편하지? 응?

이후에도 옹심이는 궁금한 메뉴였다.

옹심이?

옹심이... 궁금한데
막상 안 시키게 되네...

그런 옹심이를 만들어본다.

감자를 갈아준다.

소박하고 따뜻한 맛!

오래전부터 꿈꿔왔던
삶의 모습과 닮은 맛이었다.

소박하고 따뜻한 삶.

또 용심이처럼 투명하지만
나만의 굳은 심지가 있는!!

더 노력해야 하고
용기도 필요하겠지!

원한다고 후다닥 할 순 없는 일이니까.

때를 기다리자!!

내가 생각한 최적의 상황이 올 때를!

그런 날이 오면 또 옹심이 생각이 날 것 같아!

소박하고 따뜻한 삶을 닮은 맛

"감자 옹심이"

그리운 손맛
꼬마 김밥

오늘은 뭐먹지?

그림 그리는 것보다
이게 더 고민 같아...

하 하..

이럴 때 생각나는 음식이 있다.

하지만 먹는 건 중요해!!
포기 못하지!!

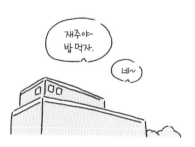

재주야~
밥 먹자.

네~

안먹을 거야!

왜 안먹어?

그것은 바로 꼬마 김밥!!

지금 생각해보면 김밥보다
날 위해 김밥을 싸주시던 엄마가 더 좋았다.

계란과 햄을
부쳐주고!

어묵은 맵게 볶아서 준비!

준비가 끝나면
말아주면 끝!!

다 했다!
이제 먹기만 하면!!

헐!!

이런 실수를 하다니...

하..

그리운 손맛!

"꼬마 김밥"

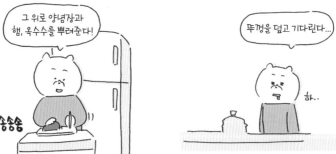

돌아온 입맛

"치즈밥 & 콘치즈"

엄마 이제는 행복하자
카푸치노

고시원에 많이 적응되었지만 가끔은 카페에서 작업한다.

그리고 주위를 둘러본다.

한쪽엔 사랑에 빠진 연인들.

설레는 표정의 남자.

열심히 무언가를 하는 사람들.

나도 작업을 해볼까?

다음 주 것까지 콘티를 짜야지!

그때 어디선가 들려오는 다정한 웃음소리

그리고 생각난 엄마와의 첫 카페 데이트.

처음 간 카페에서 엄마의 선택은 카푸치노였다.

엄마는 너무 쓴 거 말고 부드러운 거...

음... 엄마, 저기 메뉴판 사진 보고 골라봐!

그래! 그럼 저거 카푸치노.

감사합니다.

커피 나왔습니다.

감사합니다.

엄마, 얼른 마셔봐. 입에 맞는지!!

홀짝~

엄청 맛있는데~ 아들.

아~

어때! 괜찮지, 카페도.

그래, 좋네, 여기.

엄마도 아빠랑 좀 다녀, 둘이!

오면 좋지, 근데 그동안 엄마에게 이런 건 사치라고 생각했어.

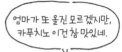

엄마가 또 올진 모르겠지만, 카푸치노 이건 참 맛있네.

매일매일도 아닌데 무슨 사치야...

엄마가 살아온 세월 때문이지 뭐...

욕심 없이 다 내어준 삶.
엄마에게 커피 한 잔도 사치처럼 느껴지게 만든 가혹한 세월.

자, 그럼 실험해볼까?

인스턴트 커피를
진하게 타놓고!

살짝 데운 우유를
보온통에 넣고 구긴 호일
두어 개를 넣고 흔든다!

계속
흔든다!!

악!!

악!!

조그마한 거품기를 사자...
이건...

헉   헉

그래도 거품은
진짜 생기네!!

완성이다!
완성!

찰칵!

카페에서만큼은 아니지만
이 정도면 뭐~

얼른 엄마랑 카페
데이트하고 싶다~!

엄마의 가슴 아픈 세월을 위하여

"카푸치노"

아프고 서러울 때 따뜻한

힐링 레시피

경험해봐야 알 수 있는 맛

가지볶음

난 가지를 무척 싫어했다.

가지 좋아하세요?

밥 먹자~

오늘은 무슨 반찬일까?

헉

밥 안 먹에!! 가지 싫다고 그랬잖아. ㅠㅅㅠ

버럭! NO.!!

가지의 모든 게 싫었다. 내 어린 시절도 비슷했다.

오늘까지 급식비 내라고 했지! 근데 왜 안 내!!

집은 옥탑방...

하지만 얼마 지나지 않아 알게 됐다.

좀 부족하면
어때!

아파트의 편안함은 잘 모르지만

옥탑의 매력을 알게 됐고

신발이 중요한가?
내가 걷는 길이 중요하지!!

그렇게 변해갔다. 가지가 꼭 그랬다.

뭔 식감이 이래...
으-

하지만 한순간 이런 생각이 지워졌다.

인식이 바뀐 뒤부터
가지는 문득문득 떠오르는 식재료가 되었다.

레시피가 있나? 있다!

기본 재료를 준비하고

가지 + 양념 + 양파 + 마늘

우선 양파를 썰고 가지는 잘라서 소금물에 10분.

가지가 절여지는 동안 양념을 만든다.

간장 + 마늘 + 설탕 + 고춧가루 + 참기름

양파를 볶다가 가지를 넣고

가지가 익으면 불을 끄고 양념을 부어서 남은 열로 볶아 마무리한다!

맛있는 냄새!

나를 변화시킨 음식

"가지볶음"

마음까지 해장
콩나물국

오늘은 뭐 먹지?

고시원비 내야 해서
생활비가 빠듯한데!!

그래!! 그것뿐이야!!

이럴 때, 난 주저없이 콩나물을 선택한다.

1000원으로 이만큼
푸짐한 식재료가
있을까?

조리법도 많고.

얼른 가서 콩나물국
끓여 먹어야지!!

어...

주방

그래... 여기는 공동 주방이다...

완성까지 10분!! 딱이다, 딱!

콩나물국의 재료는 초간단!!

콩나물 + 소금 + 마늘 + 파

우선 콩나물을 깨끗이 씻어 적당량의 물에 넣고 끓인다.

콩나물을 끓일때는 콩 비린내를 방지하기 위해 처음부터 뚜껑을 닫거나 아예 열어서 끓여준다.

그럼 난 처음부터 열고 끓여야지!!

한소끔 끓으면 다진 마늘과 소금으로 간을 한다.

끓일 동안
파를 준비하자!!

귀찮으니까 가위로.

파를 넣고 한 번 더 끓여주면 완성.

크- 맛있다!!
역시 절대미각!!

얼른 방에 가서
먹어야지.

뭐지...
이 오싹한
느낌은.

지츠..

콩나물국
조금 드실래요?

네! 좋아요!

아까 진짜 감사했어요!! 그리고 진짜 시원했어요!

에이~ 겨우 콩나물국 가지구요!

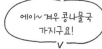

아니에요! 요즘 술을 너무 많이 마셔서 힘들었는데 딱이었어요!!

아~ 근데 왜 술을 그렇게 많이? ...

그게...

잘못 물어봤다...

왠지 이유가 하나일 것 같아.

여자친구랑 헤어졌어요. 3년이나 만났는데!!

죄송해요... 제가 괜히...

여자친구랑 헤어지고 아무것도 못 하겠어요.

시험이 코앞인데...

진짜... 그렇겠네요...

음... 다른 사람들은 어떻게 이야기해줄지 모르지만 전 무조건 이겨내라곤 말 안 할게요!

....

그냥 시간이 지나서
스스로 후회하지 않게만
지내봐요.

네... 감사해요... 사실 그냥 잊어라,
딴 사람 만나라고 하는데
그게 위로처럼 들리지 않더라구요.
근데 힘이 되네요.
내 자신이 후회하지 않을 만큼이라!
알겠어요!!

네~ 어! 다 마셨네!

몇 캔 더 사올까요?

아뇨, 괜찮아요.
저 먼저 내려갈 테니깐
좀 더 있다 오세요.

잘 이겨내겠지.

쉽진 않겠지만.

그림 그리겠다고 회사 그만둔 나.

이별에 힘들어하는 2I호.

그래...

여기도 사람 사는 곳이지, 그럼...

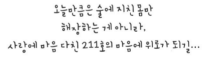

오늘만큼은 술에 지친 몸만
해장하는 게 아니라,
사랑에 마음 다친 211호의 마음에 위로가 되길...

"콩나물국"

너도, 나도 우리 존재 화이팅
참치야채죽

꿈을 위해 선택한 길.

당연히 후회는 없다...

불안함에 이른 새벽 고시원 옥상에 자주 오른다.

친구의 말도 떠오르고...

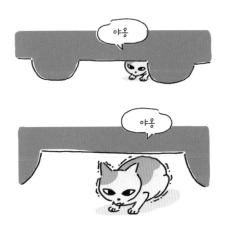

좀만 기다려!!
맘마 줄게!!

야옹아.

참치 가져왔어.
야옹아~ 야옹아~

하지만 그사이 야옹이는 사라졌고
나는 참치를 놓고 다시 올라왔다.

좀만 기다렸으면
좋았을걸...

엄청 맛나게 먹었을 텐데!!

야옹이에게 밥을 줘서였을까?

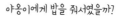

으- 배고파!!

나도
참치 먹어야지.

하지만 기쁨은 잠시였고
겁에 질려 도망가버린 야옹이가 안쓰러웠다.

또 최선을 다해도 위태로운 길고양이의 삶을
벗어날 수 없다는 사실이 안타까웠다.

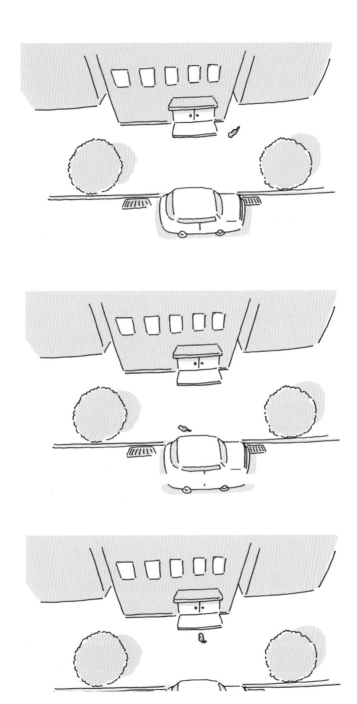

오! 고양이 키스!
눈을 지그시 감았다 뜬다.
친구가 되고 싶다는
고양이의 표현.

다음에 만나면
이걸 먼저 해봐야지.

마음을 녹이는 격려, 위로의 맛

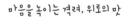

"참치 야채죽"

비교할 필요 없이 행복한 맛
돼지 목살 스테이크

늘 이런 식이다...

고시원이 뭐! 왜!!
고시원 인구
15만이야!!

고시원이 좋은 건 아니지만
여길 선택해야만 하는
사람이 있다구!!

언제나 비교가 문제다... 나 역시도...

오, 대박!!
BMW.

얜 또 해외네...

····

으으... 난 뭐 하는 걸까...
대체...

이렇게 남과 비교하면 불행밖에 남는 게 없는 걸 알면서도 자꾸 하게 된다.

이제 먹어볼까?

오! 훌륭해!! 그치?

응응! 님 좀 짱인 듯!!

담에 고시원 산다고 불쌍하게 생각하면, 괜찮다고 자신 있게 말해야지!

그래! 좋지.

스스로 다른 사람이랑 비교하는 것도 줄이고.

사람들은
고시원에 사는 사람을 불쌍하게 생각한다.

하지만 여기 고시원에 사는 사람은
모두 꿈을 꾸고 있다.

여긴가!! 내 성공 스토리의 첫 페이지가!!

210호! 왠지 마음에 드는데!! 잘 부탁한다!!

야! 우리 층의 12개 방이 어떻게 보면 꿈꾸는 사람들의 공간이네!! 우리도 그렇고.

그치.

좋지!

자! 그럼 우리도 꿈을 이루러 가볼까!!

비교할 필요 없이 행복한 맛!!

"돼지 목살 스테이크"

꼭 보여드리고 싶은 전성기의 맛
닭볶음탕

몇몇 음식은 진한 추억이 있다.
나에겐 그중 하나가 바로 닭볶음탕이다.

당시 꽤 잘되는 횟집을 했었는데,
횟집의 또 다른 인기 메뉴가 바로 닭볶음탕이었다.

엄마~
안 힘들어?

힘들긴!!
지금이 엄마의 전성긴데!!

전성기가 안 오는
사람이 얼마나
많은데, 엄마는
고맙기만 해!!

전성기가 그렇게 좋은 거야?

하지만 엄마의 전성기는 곧 사라졌다.

그럼~ 당연하지.

그때 닭볶음탕이
진짜 맛있었는데.

이집, 저집 식당을 옮기면서 음식 맛이 변했어...

그리고 더 슬픈 건...

그렇게 열심히 일했지만
엄마의 전성기는 다시 돌아오지 않았다는 것이다.

이런 불공평한 세상!!

이대로 만들면 그때 맛이 나겠지?

우선 닭을 잠깐 삶아서 불순물을 버리고!

자, 이제 양념 차례!!

감자　대파　고추장　고춧가루　마늘

간장　설탕

양념과 버무린 닭을
냄비에 넣고

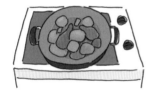

물을 넣고 끓여주면 끝!!

완성되는 데 좀 걸리니까
만화책을 봐야지!

다 됐다!! 으으 배고파.

어... 맛있긴 한데,
그때 그 맛은 아니야...

그리고 궁금해졌다.

엄마, 나~
엄마는 그때 안 그리워?
횟집 할 때, 엄마 전성기였잖아.

왜 안 그리워~ 그립지.

근데 엄마는 어떻게 버텼어?
전성기는 고작 3년이었는데?

재주야!
엄마는 지금도 전성기야.

지금도 일할 수 있고

우리 아들
건강하고.

이보다 더 좋은
전성기가 어디 있어?

····

엄마와 통화 후 전성기에 대한 생각을 했다.

우리 엄마 아빠의 전성기를
볼 수 있어서 다행이다.

제일 자신감 넘치고
멋진 모습을 추억하고
얘기할 수 있어서!

전성기, 나도
보여드리고 싶다.

엄마 아빠한테
더 멋지고, 자랑스럽게

꼭 보여드리고 싶은 전성기의 맛

"닭볶음탕"

155

홀홀 털어내자!
쏘맥

또 떨어졌다... 지난 2년간의 노력이 증발해버렸다.

엄마... 미안...

이번엔 붙을 줄 알았는데...

좁은 고시원 방 안을 한참 서성였다.

....

털어내자!!
잘라내자!!

미련도

아쉬움도!!

그래!
방법은 이것뿐이야!

어? 사이야,
뭐야 그건?

시험 준비 이제
그만하려구!

아니! 왜?

그냥.

넌 공무원이 꿈이라며?

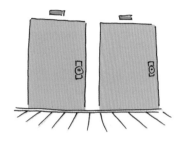

당당하지 못했어.

공무원 준비를 2년 정도 했다.
안정적인 게 좋다고 생각했다.
또 부모님의 기대에 부응하고 싶었다.

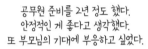

이번에 큰아들
큰 병원 의사로 갔다며?

응응,
S대 병원.

오늘 같은 날은
맥주는 너무 가볍고.

소주는 너무 독해!

그래! 이럴 땐 쏘맥이지!!

캬- 맛있네.

····

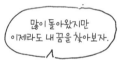

많이 돌아왔지만
이제라도 내 꿈을 찾아보자.

나를 위해 살아보자...

훌훌 털어버리자!!

"쏘맥"

너의 인생을 응원해!
가츠동

공무원 시험을 포기하고 불안함이 찾아왔다.

난 뭘 잘했지?

이 안에 꿈이 남아 있긴 한 걸까?

모르겠다... 내 꿈이 뭔지...

지식인에라도 물어볼까?

하...

?

공무원 준비 포기하고
많이 힘든가 보네...

자리 피해줘야지...
얼마나 힘들까...

기분이라도 좀
풀어주고 싶은데...

오래전 초등학생 때 점심시간

그러니깐.

배고파 죽는 줄...

오늘 반찬은 뭐지?

아들~
이제 와?

그래, 그래.
알겠어.

엄마! 나도
맛있는 반찬
싸 가고 싶어.

치!! 맨날 말뿐이면서!

그리고 며칠 뒤...

에!

돈가스다!!
돈가스!!

헤...

진짜 간단하네.
알겠어요~

흠... 그냥 사다 주는 건
정성이 없어...

아! 그래!! 가츠동이다!!
가츠동!!

사 온 돈가스를
잘라놓고

소스는 재료를
넣어 끓이고

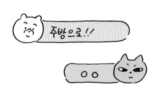

171

뭔데 불렀어?

밥 먹으라고!!

가츠동이네.

요즘 힘들지?

뭐... 그렇지...

너무 급하게 생각 말고
천천히 해, 천천히.

응응, 그래야지.
그래서 내일 여행 가려고.

어디?

여수.

뭔가 찾으러 가는 건
아니고 비워내려고.
원치않는 일에 그동안
너무 힘들었던 것 같아.

그래, 그래!
비워낼 수 있을 거야!
그게 여행의 힘이지!!

헤...

오버
No! No!

아무튼
잘 다녀와라!!

그래!! 다녀와서 보자!
가츠동 고마워.

응원의 맛

"가츠동"

내가 찾아가는 행복
여수 여행의 맛

오랜만에 가는구먼! 여수.

분위기 있게 기차는 무궁화.

얼마나 여유로워~

하지만 여러분... 기차는 KTX입니다...

엉덩이 사라질 뻔했네.

우선 배부터 채우고 여행을 시작할까?!

게장이다!!
게장!!

뭐지.

또 속은 건가!!
SNS에!!

똑같은 실수를 반복하고 바로 숙소행...

기분이 안 난다...

이게 뭐야!!
SNS만 믿다가!!

그래!! 내가 찾자!!
시간이 좀 걸려도!!

음... 그래! 내일은
요기 요기를 가야지.

다른 사람의 말만 듣는 것이 아니라
내가 선택하는 여행

길을 헤매도,

즐겁네.

첫 번째 목적지는 옛날 빵집.

크크, 가게 이름 봐.

뭐 드릴까?

사라다빵이랑 슈크림빵,
호빵이요!

자~
여기있어요.

진짜 오랜만에 먹네,
사라다빵!!

맛있다!!

진짜 어릴 적 먹던
그 맛이네!!

잘 먹었습니다!!
맛있어요.

두 번째 정한 곳은 향일암.

어...

179

풍경도

조용한 분위기도.

바보같이 왜 꿈도 여행 계획도 처음부터 내가 정하지 않았지?

내 인생인데.

내가 선택해야 실패해도 후회가 안 남지!

얼어붙은 마음까지 녹여주는
어묵탕

그나저나 수능 끝나고
나쁜 소식이 안 들려야 할 텐데...

맞아... 매년
성적 비관 사고가
있었던 것 같은데...

수능이 인생의
전부는 아닌데...

그치. 근데 수능은 너무 많은
비교를 만들어내잖아.

서울과 지방,
명문과 일반,
나년제와 2년제.

맞아. 그게 문제지.

근데 수능이 인생의 전부가 아니라고
위로해주는 것도 웃겨...

이미 인생의 전부인 것처럼
얘기하고 있잖아, 어른들이.

좀 더 일찍 수능 점수가
인생 점수가 아니란 걸
알게 해주면 좋을 텐데...

수능 점수로 삶이 나뉜 것
같다가도 어느 순간 오르락
내리락하는 게 인생이잖아.

뭐야! 내 얘기하는 거야?

그러네! 그럼
내가 성공한 거네.

내가 너랑 수능 점수
엄청 차이 났는데 같은
곳에 있다고?

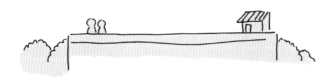

차가워진 몸과 마음을 덥혀주는

"어묵탕"

냉이국

어제 저녁...

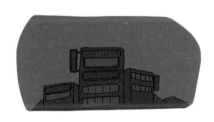

왜 이렇게 늦어!!
지금이 몇 시야!!

뭐야!
내 말 듣고 있어?

나 헤어졌어... 어제...

우선 한잔해.

너네 오래 만났잖아.
다들 잘 어울린다고
엄청 부러워하고...

그랬나?

그래... 그랬었지...

근데 얼마전부터
다른 사람을 만나고 있었더라구...

참 오래 만났는데...
우리...

이제 아무것도 안 남았어...
아무것도...

너무 힘들다...

매번 왜 이렇게 어려운 거냐...
이별을 안 해본 것도 아닌데...

제대로 사랑했으니까.

네 온 마음을 다해서.

그래! 맞아.
진짜 좋아했는데.

해장은 했으려나...

우선은 나부터!!

우선 냉이를 다듬고

어휴! 걱정돼서
밥을 못 먹겠네!!

그래도 봄이 제일
필요한 놈이니까!!

냉이국입니다.
드실 분은
드세요!!

봄은 옵니다!!

"냉이국"

다신 맛볼 수 없는
토란국

집에 안 내려갔네?

응.

난 일이 너무 없어서...
설날에나 가야지...

난... 갈 수가 없다...
집안의 역적이라...

하-

하-

그래도
명절인데...

그러니까, 할아버지 할머니
보고 싶은데...

어린 시절 명절이면 할아버지 할머니가 계신
시골로 향했다.

할아버지는 갓 태어난 강아지를 데려다
마루에 놓아주셨다.

으- 귀여워.

자는 것도 귀엽네.

재주야! 강아지 이제
메리에게 데려다주자.

네?

쪼금만 더요!
할아버지.

메리를 봐라.
제 자식을 찾고 있잖니.

아! 그럼
데려다주세요.

그리고 늘 먹던 토란국.

그런데 참 신기했다. 먹으면 먹을수록 맛이 느껴졌다.

잘 먹네!
우리 재주!

맛있어요!
할아버지

하지만 토란국을 오래전부터 먹지 못하고 있다.

할아버지가 안 계시니깐
농사도 안 짓고...

할머니가 해주시면
되잖아.

할아버지 생각이 나서
그러셨나 안 하시더라구...

그리고 할머니도
돌아가시구...

아... 그리운 맛이겠네, 토란국이...

응... 그래서 사 먹고 싶어도 파는 데가 없어...

먹고 싶은데...

우리가 만들자! 레시피 찾아서!

재주야! 토란 왔어!

응응.

내가 레시피 읽어줄게!!

어때?
그 맛이 나?

맛있긴 한데, 추억이 담긴
맛을 따라갈 순 없지.

하긴,
할아버지의 사랑이
가득한 음식인데...

그래도 맛있어,
이것도!!

이것도 추억의 맛이
되겠지, 또!

그럼, 그럼.

다신 맛볼 수 없는

"토란국"

엄마는 내 마음 다 아나 봐
김

어린 시절 익숙한 풍경 하나. 김을 굽는 엄마의 모습♥

멋지게!!
얌얌!!

매번 실패...

아무튼!!

김 덕분에 과일도 잘 오고,
밥반찬 고민도 해결하고.

요물이네! 요물.

그나저나 엄마는
어떻게 알았지?

내가 우울하다는 걸?

자식을 위하는
엄마의 본능인가?

엄마는 내 마음 다 아나 봐

"김"

나쁜 감정을 싹 털어버리는
전 찌개

어색한 분위기가 흐르는 설 연휴.

너무 오랜만에 봬서
어색해...

친척이라도
자주 만나야 친척이지...

이때, 정적을 깨는 소리.

그래, 재주
넌 그림 그린다고?

네, 아직 준비 중이에요.

이제 나이가 몇인데 준비야!
얼른 자리를 잡아야지!

뭐... 그쵸...

열심히만 하면 안 돼!!
성과를 내야지!!

네,
그래야죠.

아... 그래도...

하고 싶은 거 하겠다고
고시원에서...
대견한데요, 저는.

잘할 수 있지?

그럼!

걱정 마세요! 조금 느려도
제가 원하는 건 다 이룰 테니까요!

설날 당일

들으셨죠?

네, 네ji

자, 성묘 가자.
남자들만 후딱
다녀오자.

217

난 다시 서울로 올라왔다. 엄마의 사랑과 함께...

날 걱정해주는 건 고맙지만 걱정이 나만큼 되겠어?

앞날이 두려워도 나만큼 두렵겠어?

하, 맛있다!! 기분 나쁜 감정이 날아갈 만큼!!

묵은 감정을 싹!!

"전 찌개"

스트레스를 날려버리는

화이팅 레시피

마음의 평정심을 찾아주는
고구마 맛탕

근데 난 며칠 전에 그런 적이 있었어.

약속 시간에 늦어서 급하게 가던 길

늦었다!

아─ 이럴때 신발 끈이 풀리냐!! 으─

아오─ 짜증나.

으휴!!

신발 끈 묶는 사이에 저만큼이나 가셨네!

신발 끈만 아니었어도 더 빨리 갈 수 있었는데.

형!

근데 신발 끈 때문에 저만큼 앞서가던 사람을 신호등 앞에서 만난 거야.

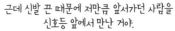

!!

인생이 그런 반복이 아닐까 하는 생각이 들었어.

우린 살면서 성공도 하고 실패도 하게 되잖아.

근데 한순간으로 인생이 결정되는 게 아니라는 거지.

잘 가다가도 끈이 풀릴 수 있고 신호에 걸려 멈춰 설 수도 있는 거지.

오.

그러다 보면 역전하는 날이 오지 않겠어!!

듣다 보니 그렇네!!

아...

당연하지! 우리가 지금 고시원에 산다고 평생 고시원이겠냐?

흑흑..

....

동공   지진

우물쭈물 거리지마!!

버려!!

아무튼, 그러니까 우린 인생의 평정심을 유지하고 있어야 해!!

흠..

그래! 그래!!

그런 의미로 고구마 맛탕 해 먹자!!

우선 고구마를 자르고

탁탁탁

세상을 향한 첫걸음
김밥

사이의 사정은 이랬다..

하루 종일 잠만 자고...

꿈 찾는다는 핑계로 점점 나태해져가고...

놀면서 알바할 생각도 없고, 지원받아 공부하고, 지금까지 용돈도 받고...

너무 한심해!! 난 고생을 좀 해야 해!!

사이가 선택한 건 '택배 야간 상하차'

그래!! 이거다!!

힘들다지만 젊으니까!!

자신

만만

231

하지만 곧 밥을 주는 이유를 알게 되었다.

235

이제 잘하면 되지.

응.

아, 취직한 데는 뭐 하는 데야?

아, 광고 회사야.

오! 광고 재밌지.

응... 우선 회사 다니면서 경제적 독립부터 하려구.

그래야 떳떳할 것 같아. 나중에 내 꿈에 도전하는 게.

하긴 경제적 도움을 받으면서 내 마음대로만 하는 건...

응응... 아...
첫 출근이라니...

으으^

다음 날 아침

으아아아

망할!! 망할!!
첫날부터
늦잠이라니!!

김밥.

첫날부터 김밥이라니...

세상을 향한 첫걸음

"김밥"

음식으로 기분 전환
코다리조림

며칠 전

삼겹살

공무원 준비를 2년 정도 했다.

시험이 제일 어려운 것 같았는데...

사회 생활은 더 어렵네...

직장에 가는 길은 출발부터 지옥이다.

으- 졸려.

으- 이놈의 지옥철...

하... 그만둘까...

간신히 내렸네.

걸어다닐 수 있으면
좋을 텐데...

그렇게 힘들게 도착한 회사.

이러니 출근하자마자
피곤하지...

또 왜 도착하자마자
바쁜 거야!!

악!!

완전히 불태웠다...

하..

근데 여기서 더 싫은 한 가지.

점심 뭐 먹죠?

오늘 중국집 어때?

싫어! 밥.

밥이 먹고
싶다구!!

하지만 바람은 언제나 깨지기 마련.

더 슬픈 건 이걸 주 5일 내내 무한 반복...

다시 지옥철...

아... 아직도 수요일이라니...

어김없이 바쁜 하루하루...

일이 왜 이렇게 많은 거야!!

밥 먹으러 갑시다.

네.

사이 씨가 메뉴 정해요! 오늘은.

그럼 전 돈가스요!!

그렇게 하루하루를 버텨 맞이한 주말

다시 한 번 화이팅!
프렌치토스트

잘 지냈냐?

응

...

아, 이제 말하네!
합격 축하해!!

빨리도
말한다.

회사는 어때?

말도 마라...
매일 야근이지...

하-

회사가 엄청
바쁜가 보네.

어쩌다 칼퇴하려고 해도
눈치 보이고...

왜 눈치 봐?
미리 하는 것도 아닌데??

그게 아니더라고...
사회는.

넌 이제
곧 일하겠네.

응! 얼른
일하고 싶어.

그래, 얼마나 가나 본다.
ㅋㅋㅋ

난 화장실 좀.

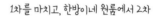

1차를 마치고, 한방이네 원룸에서 2차

스스로 쓰레기라 칭하는
너를 위한 요리지.

이게 왜? 쓰레기랑
뭔 상관인데?

프렌치토스트라는 게
오래돼서 못 먹게 된 빵을
먹기 위해서 개발된
조리법이래.

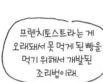

시빵도 이렇게 달라지는데
우리 인생을 바꿀 게 시험뿐이겠냐!

다시 한 번 변화이링!!

"프렌치토스트"

열심히 해보고 그래도 안 되면
다른 방법이 또 있을 거야!!
우선 힘내서 해봐!

봄기운 제대로 만끽하기
달래장

적응되었다 싶다가도

적응되지 않는 이곳!!

으으

고시원...

하

지금이 밤이야,
낮이야...

다음엔 창문 있는 방에
살아야지!!

잠도 깰 겸
옥상에 가야겠다.

하아 하아

다 했다.

힘들지만 햇빛에 말린 이불을 덮고 자면 잠이 잘 오겠지.

겨우내 고생한 신발도.

봄이라니...

이제 커피도 아이스만 마시겠지.

조금만 수고하면 오래오래 행복해
매실 장아찌

연락이 오지 않는다...

개인 작업을 하면 뭐 해...

오늘은 좀 쉬자...

무작정 걸었다.

"매실 장아찌"

서두르지 말자
김칫국

운이 좋았다!

이렇게 큰일이 들어오다니!!

얼른 하겠다고 문자해야지.

일의 진행은 순조로웠다.

보름 뒤 작업 시작.

고료 받으면 뭐 하지?

파닷! 파닥!!

사고 싶은 게 너무 많았는데.

흑흑

이때 든 몹쓸 생각

그래! 미리 좀 사지 뭐~

작업 시작을 앞둔 어느 날

숙취에 좋은
콩나물 투하!!

이제 좀 낫네.

하-

내가 너무 들떠있었어...

다음엔 더 차분하게
살펴보고 준비하자!

다시 정신차리자!!

서두르지 말자

"김칫국"

279

부담없이 술술
편맥

회사 생활 4개월 차

시간 빠르네.

조금 일찍 와 아무도 없는 시간을 즐긴다.

적지만 안정적인 수익은 마음의 평화를 주었다!

열심히 모아서
고시원을 탈출하자!

?

고시원 탈출이
목표였나?

내가 회사를 다니는 건 고시원 탈출을 위해서가 아니었는데...

경제적 독립을 해서 당당히 내 꿈을 찾는 거였는데.

... 안 돼...

그저 조그만 안정에 만족하고 있어...

한잔하고
들어가야지.

좋네.

날이 따뜻해지니까 좋네.
1년 만이구나, 편맥.

그나저나 진짜
내 꿈은 뭘까...

공무원 시험만 그만두면
바로 튀어나올 줄 알았는데...

내가 몇 년 전에 치열하게 했었는데 너무 안 맞았어, 나랑... 스트레스가 너무 많아서...

근데 게스트 하우스 주인은 힘들 듯...

꿈이잖아!! 꿈!!

고시원 탈출부터...

넌 뭐 하고 싶은데?

그걸 모르겠어... 시험 그만둔 지도 꽤 됐는데...

바쁘니깐 더 그렇지... 생각을 정리할 시간이 없잖아.

소풍도 내 인생도 홈런보단 안타
유부초밥

생각대로 되는 건 별로 없다.

또 계약 캔슬...

하... 둘다 충족되는 건 불가능한 건가...

흠, 아냐!! 지금 상황에 맞춰야지.

유부초밥 재료 사놓길 잘했네!

셀프칭찬

얼른 만들어서 뒷산으로 소풍 가자!!

소풍엔 유부초밥만 한 게 없지.

유부초밥 만드는 건 정말 쉽지!

퇴근길...

밤인데도 밝네...

서울의 밤 풍경은 빛나는 보석 같았다.

서울에 처음 왔을 때 생각이 나네...

오! 역시, 서울!! 역시 사람은 서울에 살아야 해!!

와!

얼른 합격해서 서울에 터를 잡아야지!!

저 빛들이 꼭 나를 비춰주는 것 같네!!

하지만 실패가 쌓일수록 생각은 달라졌다...

나를 앞지르는 친구들.

힘든 여행을 떠나는 너에게
햄치즈 프렌치토스트

제주도, 그냥 무작정 가는 거라.

그래, 언제 가?

지금!!

지금?!

같이 밥이라도 먹자.

아냐, 아냐. 이제 나가야 돼서...

간단하게라도 먹자.

나를 찾아 떠나는 여행

"햄치즈 프렌치토스트"

갈칫국

그렇게 도착한 카페.

첫 끼는 갈칫국!!
제주스럽게 먹고 싶었어!

사장님~ 여기
갈칫국 하나요!

갈칫국을 맛보다니!
나도 제주도민이다! 이제.

갈칫국 나왔습니다~

살짝 걱정도 되지만...
먹어보자!!

자- 어디...

후릅~

와!
맛있다!!

와!!~

그래! 뭐든 속단 말자!!
해보고 결정하는 거야!!

기운이 난다!!
얼른 먹고
집에 가자!!

집에서 계획을 세워야지!!
도피가 아닌 재활의 시간을 만들자!!

아- 좋다.

마음에 여유가
생겨나고 있어!!

여유야 여유야 생겨라!!

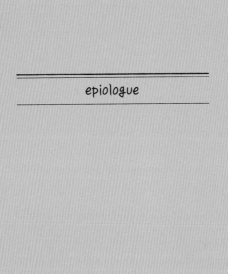

epiologue

모두의 꿈이
이루어지기를

찾아온 이는 211호

315

지금 여기,
이 순간을 소중히

아침에 커피 한 잔.

창밖을 본다. 아 고시원은 창문도 없었는데.

요즘 행복하다!

늘 비교하며 살았다.

쟤는

저 집은

형은 서울대생인데... 나는...

그러다 보니 점점 작아졌다.

낮아진 자존감은 가장 큰 문제였다.

321

아
서울 올라가기 싫다.

어쩌면 겁내는 걸까?
서울에 돌아가는 걸...

올라갈 때 올라가더라도
최대한 즐기다 가야지!!

산책의 마무리는
언제나 동문시장

○○ 수산

동문시장은 언제나
활기가 넘친다!!

새로운 도약을 위해서

327

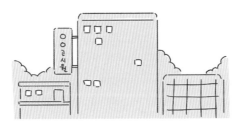

이제 안녕,
행복한 마무리를 했으니

우리가 해보고 싶던 건 한강에서 보내는 시간

이제 서울도 고시원도
안녕이다!!

이제 가자!
행복한 마무리를 했으니.

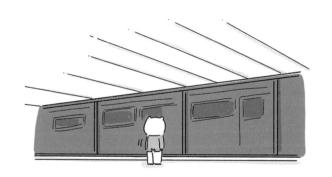

내일이면 떠나네. 여기도.

안녕.

점오라이프 후기

어릴 적 내가 가장 좋아하던
놀이는 그림 그리기였다.

우리 재주
그림 잘
그리네!

아빠!
진짜로?

잘한다고 하니까
더 잘 그리고 싶다!

그래!!

난 그림 그리는 사람이
되겠에!!

얍!!

단 한 번도 바뀐 적 없는 꿈.

재주야... 선생님...
낙서 좀 그만해...

난 엄청난 만화가가 될
건데 왜 방해하는 거야!
교과서에 그리는 게 제일
재미있는데... 쩝.

대학생때는 본격적으로 꿈을 향한 도전을 시작했다.

웹툰? 웹툰 한번 그려볼까?

헐!! 뭐야, 이게!!

뻘떡!!

이 만화 너무 노잼, 그림 그리는 시간이 아깝다, 데뷔는 절대 못 할 듯... 뭐야... 이 반응은...

믿고 싶지 않았다.

아냐! 그럴 리 없어! 그림만 그리다시피 하면서 살았는데!!

그러나 달라지지 않는 반응.

뭐야, 뭐가 문제야!! 왜 이래, 반응이...

이럴 순 없엉!!

이럴 수는 없어!! 내가 그림 그린 게 몇 년인데!!

그리는 만화마다 반응은 없고 욕만 한 바가지 먹고 있어...

야, 이제 그만 해야 하는 거 아냐? 나이를 생각해.

그런가... 이제 가능성이 없다는 게 확인되었나...

그래. 이 정도면 할 만큼 했어, 인마. 이제 네 살 길 찾아야지.

하...

그래...

이제 그만 그리자... 다들 안 된다는데...

하지만 마음까지 떠나보내진 못했다.

다시 그려야 하는데... 그림... 우선 출근부터...

으으 이제 집에 왔네... 맨날 야근이네.

아... 진짜 그림 다시 그려야 하는데 왜 이렇게 바쁘냐...

만화를 안 그린 지
3년째...

언제까지 핑계 대면서
미루기만 할래...

그래. 말 나온 김에 그려보자.
더 이상 핑계는 대지 말고.

뭘 그리면 좋을까?

3년 만에 다시
만화를 그리는 건데...

3년 전 치욕을
한 방에 날려줄
기가 막힌 소재가
없을까?!

이번에야말로
대박 작품을
만들어서!!

인생 역전을 하는 거야!!
캬~ 딱이다, 딱!!

딱-

...

뭐야, 무슨 생각을 가지고
그리려고 하는 거야?

또 똑같은 실수를 하려고... 안 되지... 이번에는 절대.

어떻게 다시 마음 먹은 건데...

내가 좋아서 그리는 그림인데 남들 평가에 너무 많이 신경 쓰고 상처받는 것 같아.

뽀글—

이번에는 평가는 잊고 내 행복만을 위해 그려볼 거야!

스윽~ 스윽~

그림이 다시 즐거워졌다.

이렇게 재미있는 나만의 놀이를 다른 사람들 때문에 잊고 살았다니...

앞으로는 절대 안 그래! 절대!!

그나저나 3년 만인데 무슨 만화를 그리지?

요즘 세상이 너무 흉흉하고 무서우니까, 난 긍정적인 이야기를 그리고 싶어!!

너무 착한 만화라 인기를 못 얻더라도, 내가 그리고 싶은 이야기로!

호-

호-

아! 너무 신난다! 그래, 이래서 그리는 거지!!

드디어 내 자리로 돌아왔다! 3년 만에!

와우~

이제 저는 제 이야기를 그립니다.

제가 겪은 이야기지만

사실은 모두의 이야기라고 생각합니다.

그래서 「쩜오라이프」를 좋아해주신 게 아닐까 생각합니다.

제가 꿈을 이룰 수 있게 도와주셔서 감사합니다.

더 공감 가는 이야기로 다시 만나요!

다시 종이를 펴고 그림을 그리기까지 3년이라는 시간이 걸렸습니다. 사람들의 평가에 대한 두려움에 늘 말로만 '그리겠다. 곧 그릴 거다'라고 말하며 주변의 보챔을 피해오다 3년 만에 「쩜오라이프」의 첫 번째 에피소드를 그렸습니다.

다시 그림을 그리게 된 가장 큰 이유는 다른 사람의 평가 때문에 내 행복을 포기할 수 없다는 판단 때문이었습니다. 그래서 였을까요? 이번에 다시 만화를 그리게 된다면 다른 사람들의 평가는 신경 쓰지 말고 내가 그리고 싶은 그림을 그리고, 하고 싶은 이야기를 하자고 스스로에게 다짐했습니다.

그렇게 첫 번째 에피소드를 그려낸 뒤 딱 100화로 저의 첫 번째 만화인 「쩜오라이프」를 완결 짓자고 마음먹었습니다. 그리고 그 다짐처럼 100회를 끝으로 「쩜오라이프」를 마무리 지었습니다.

돌아보면 제가 다시 그림을 그리기까지 3년, 다시 만화를 그리고 100회를 채우기까지 3년의 시간이 걸렸습니다. 이제 저는 다시 새로운 출발점에 서 있다고 생각합니다. 저의 이야기는 이제 멈추지 않을 것 같습니다.

다시 한 번 감사드립니다.